Peter H. Stauner

Zeit der Umkehr
Eine Weihnachtsgeschichte

Copyright 2013 by Peter H. Stauner
Alle Rechte beim Autor

Lektorin: Petra Kruse
Covergestaltung und Illustrationen: Michaela Hanemann
Herstellung und Verlag: BoD - Books on Demand, Norderstedt
Printed in Germany

ISBN 9783732287826

Inhaltsverzeichnis

Beginn der Reise 7

Judith 13

Alte Freunde 17

Verdrängte Schuld 25

Erkenntnis 33

Erlösung 37

Weihnachtswunsch 41

Zeit der Umkehr

Eine Weihnachtsgeschichte

Beginn der Reise

An einem kalten Wintermorgen verließ ich meine Wohnung. Da es die ganze Nacht hindurch geschneit hatte, musste ich durch hohen, knirschenden Schnee stapfen. Ein scharfer Wind blies mir die wirbelnden Schneeflocken ins Gesicht. „Es ist Heilig Abend", dachte ich.
Die Gedanken in meinem Kopf rasten. Gequält lief ich die Dorfstrasse hinab. Um mich herum war geschäftiges Treiben.
Ein Männlein, das eine Wollmütze, einen selbst gestrickten Schal und ebensolche Fausthandschuhe trug, bot heisse Maronen an. In seinem abgetragenen, viel zu grossen Mantel wirkte es noch ärmlicher und kleiner, als es tatsächlich war. Ich sog den Duft der Maronen tief ein. Irgendwo sangen Kinder „Stille Nacht, Heilige Nacht". Ihr Gesang wirkte bedrückend. „Warum gerade ich?" Unbewusst murmelte ich dies vor mich hin. Die Leute hasteten über die Strasse. Einige hatten Weihnachtsbäume unter ihre Arme geklemmt und versuchten, mit schnellen Schritten, hochgestellten Mantelkragen und nach vorn gebeugten Köpfen dem Schneetreiben zu trotzen. Jeder schien seinen

eigenen Gedanken nachzuhängen. In meinem Inneren jedoch berührte mich nichts von alledem.

Plötzlich wurde ich aus meinen Gedanken gerissen. Ich hatte ihn gar nicht bemerkt. Er stand direkt vor mir. Ich hob meinen Kopf und blickte in sein Gesicht. Er lächelte.

Der Schleier der Verzweiflung, der Hoffnungslosigkeit und der Traurigkeit schien sich mit einem Mal etwas zu lüften. Unsicher lächelte ich zurück. Sein Lächeln fesselte mich geradezu und ich schaute ihm selbst dann noch nach, als das Schneetreiben seine Umrisse bereits aufzulösen begann.

Leicht verwirrt setzte ich meinen Weg fort.
Ich war erst ein paar Schritte gegangen, als ich erschrocken zusammenzuckte. Scheinbar aus dem Nichts kommend, stand er wieder lächelnd vor mir. Er erkannte sofort, dass ich sehr verwundert über die erneute Begegnung war. Er nickte nur und legte seine Hand auf meine Schulter. Zu meinem Erstaunen empfand ich – im Gegensatz zu meinen sonstigen Empfindungen – diese Berührung als sehr angenehm. Vielleicht hatte ich sie sogar erwartet.

„Du lebst, mein Freund", sprach er mich ganz ruhig und liebevoll an, *„oder kennst du eine andere Wahrheit? Lebe, mein Freund!"*

Danach liess er mich wie zuvor einfach stehen. Benommen schlurfte ich weiter, wobei ich ständig Ausschau nach ihm hielt.

Völlig unerwartet hörte es auf zu schneien als ich in die nächste Strasse einbog und es wurde recht dunkel. Die Strassenlaternen brannten am Vormittag. Jedes Geräusch war schlagartig verstummt. Ich konnte keinen Menschen mehr auf der Strasse sehen Nur ein abgemagerter Hund rannte mit eingezogenem Schwanz an mir vorbei.

Wieder überkam mich ein leichtes Unbehagen. Obwohl ich in dieser Gegend aufgewachsen war, erschien mir alles fremd und irgendwie eigenartig.

Ich beschleunigte meinen Schritt. Was geschah nur mit mir? Welche unerklärlichen Dinge passierten hier?

Die mich seit Monaten plagenden Schmerzen verschwanden. Das Selbstmitleid, das mit dem Warten auf den Tod einherging, fiel von mir ab. War dies jetzt mein Ende? Befand ich mich auf dem Weg ins Jenseits?

Alle Ärzte, die ich aufgesucht hatte, teilten nämlich die Meinung, dass mir lediglich noch bis Ende des Jahres Zeit bleiben würde, um meine Angelegenheiten zu regeln.

Sie hatten offensichtlich Recht. Aber welche Angelegenheiten sollte ich denn ins Reine bringen? Ich war allein.

Nichts hatte ich mir zu Schulden kommen lassen und niemandem ein Leid zugefügt.

Ganz im Gegenteil – ich arbeitete viel und war ständig für andere da. Natürlich wollte ich mir auch ein eigenes, kleines Reich schaffen, auf das ich hätte stolz sein können. Die Anerkennung meiner Leistungen war mir ebenfalls wichtig. Nicht ich hatte also der Welt etwas abzubitten, sondern eigentlich die Welt mir.

Meine Betrachtungen wurden jäh durch das Gefühl beendet, dass jemand oder etwas sich unmittelbar hinter mir befand. Ich blieb, einem inneren Zwang gehorchend, stehen und drehte mich um. Diesmal erschrak ich nicht und war auch nicht verärgert, wie es sonst meiner Art entsprach, sondern fühlte mich eher erleichtert, als ich erneut in sein Gesicht blickte und sein Lächeln wahrnahm. Unumwunden sagte er zu mir:

„Mein Freund, ganz gleich, was du erleidest und verspürst, ganz gleich, was du erlebst,
denke stets daran, dass du ein nicht unerhebliches Stück dazu beigetragen hast!"

Hatte er etwa meine Gedanken gelesen? Ich verstand jedoch den Sinn seiner Worte nicht. Meine Gesichtszüge verformten sich zu einem verzerrten Lächeln. Ich war nicht mehr ich selbst. Zögerlich kamen Fragen über meine Lippen: "Was willst du damit sagen? Woher weißt du das alles? Wer bist du ?"
Sein Lächeln verschwand. Trotzdem blieben seine Gesichtszüge freundlich, als er seinen rechten Arm hob, ausstreckte, mit dem Zeigefinger über meine rechte Schulter hinweg in die Richtung wies, aus der ich gekommen war, und mir entgegnete:

„Schau in die Welt deiner Seele und finde die Antwort!"

Ich drehte meinen Kopf in die Richtung, in die sein Finger zeigte.
Auf der anderen Strassenseite, vor einem hell erleuchteten Schaufenster, sah ich eine Frau mit einem Cape. Sie hatte ihre Kapuze über den Kopf gezogen. Neben ihr hüpfte ungeduldig ein Kind von einem Bein auf das andere.

Beide betrachteten das weihnachtlich geschmückte Schaufenster. Ich wollte mich wieder meinem Begleiter zuwenden, um ihn zu fragen: „Was soll ich m...?"

Ich formulierte die Frage nicht aus, denn er war fort.

„Wer ist er? Welches Spiel spielt er mit mir?", schoss es mir unaufhörlich durch den Kopf. Mit all den offenen Fragen und äusserst unzufrieden blieb ich zurück.

Judith

Ich überquerte die verschneite Straße und bewegte mich auf die Frau mit dem Kind zu. Als sich schliesslich unsere Blicke trafen, erkannte ich sie sofort wieder.
Es war Judith, eine schöne Frau. Sie erschien mir unverändert. Vor Jahren hatte ich sie völlig aus den Augen verloren. Was tat sie jetzt in dieser Gegend? Was war das für ein Kind neben ihr? „Guten Morgen, Judith!", begrüsste ich sie knapp, indem ich ihr meine Hand entgegenhielt. Sie ergriff sie und erwiderte irritiert: „Hallo!" Dann beugte ich mich zu der Kleinen herab, reichte auch ihr meine Hand und schaute dabei in ein unbefangenes, fröhliches Kindergesicht.

Nach den Begrüssungsformalitäten übernahm ich wie gewohnt das Wort: „Unser Zusammentreffen an dieser Stelle ist eine grosse Überraschung für mich, Judtih! Ich habe übrigens über deinen Erfolg in der Zeitung gelesen. Herzlichen Glückwunsch! Du siehst fabelhaft aus. Ich nehme an, dass es dir gut geht?"
Von der unverhofften Begegnung überwältigt, stammelte sie mit feuchten Augen: „Ja, es geht mir so weit gut. Die Zeit heilt bekanntlich alle Wunden. Im Grossen und Ganzen versuche ich damit klar zu kommen. Und wie geht es dir?", lenkte sie das Gespräch geschickt um, ohne dass es mir auffiel. „Oh. ich habe wie immer ein hohes Arbeitspensum zu bewältigen. Unaufhörlich muss ich auf der Hut sein und eine Menge Auseinandersetzungen durchstehen, weil jeder versucht mich über den Tisch zu ziehen. Ausserdem werde ich an allen Ecken und Enden gebraucht. Alles mache ich letztendlich selbst. Für Sonstiges bleibt keine Zeit", erwiderte ich.
„Daher wollen wir deine kostbare Zeit auch nicht länger in Anspruch nehmen. Du hast bestimmt noch etliches zu erledigen. Ich wünsche dir ein gesegnetes Weihnachtsfest!", sagte sie mit einem mitleidigen Lächeln zu mir. Judith nahm das Kind an die Hand und machte sich auf ihren Weg. Erneut wurde ich mit unbeantworteten Fragen zurückgelassen.

„Du wirst dich heute noch über sehr vieles wundern, mein Freund! Liebe bringt Freude und Leid. Du wirst geliebt, aber du selbst hast kein Gefühl."

Er stand wieder an meiner Seite und redete auf eine Art und Weise mit mir, als ob wir uns seit ewigen Zeiten kennen würden. Diesmal versuchte ich gar nicht erst zu verstehen, was er sagte. Ohne ein weiteres Wort auszusprechen, ging er nun neben mir her. Es fing erneut an zu schneien. Im Lichtschein der Straßenlaternen tanzten die Schneeflocken. Die Stille wurde durch den Glockenschlag der nahen Kirchturmuhr unterbrochen. Nach dem siebten Glockenschlag herrschte abermals vollkommene Stille. „Nur sieben Schläge?", fragte ich verwundert meinen Begleiter.

„Nichts ist wie es ist. Nicht die Zeit und nicht du selbst",

entgegnete er mir, um meine Verwunderung und die grosse Anzahl meiner Fragen zusätzlich zu erweitern.
Doch die am schwersten wiegenden Fragen lauteten: Wer war er und was wollte er von mir?
Ich musste diese Fragen nicht artikulieren, denn unaufgefordert vermittelte er mir Folgendes:

"Das Wertvollste, mein Freund, das du besitzen kannst, ist die Zeit. Du kannst keine Sekunde deines Lebens festhalten und je älter du wirst, desto wertvoller wird die Zeit. Du vergeudest leider deine Zeit. Warum quälst du dich mit Fragen, wie beispielsweise wer wer ist, was wer ist, was wer will und was wer tut. Nichts bleibt verborgen. Alles kommt mit der Zeit von selbst ans Licht."

Ich blieb stehen und erwiderte ihm mit höhnischer Stimme: „Du brauchst mir nichts über

die Zeit zu erzählen, namenloser Mann. Für mich hat die Zeit keine Bedeutung mehr. Meine Zeit ist abgelaufen. Ich erhielt keine Zeit und besaß auch nie welche. Ich jagte der Zeit vielmehr hinterher. Die Ereignisse und meine Mitmenschen stahlen sie mir. Kummer und Sorgen waren die Gefährten meiner Zeit."
Er war von meinen Worten nicht besonders beeindruckt und bat mich, ihm zu folgen.

Alte Freunde

Sobald wir uns dem Ende der Strasse näherten, das in einen Marktplatz mündete, vernahm ich feierliche Musik. Von einer Sekunde auf die andere fühlte ich mich jung, gesund, voller Kraft und Tatendrang. Zahlreiche Menschen – Gross und Klein, Alt und Jung – sorgten dort für buntes Leben. Viele Lichter, Verkaufsbuden und Weihnachtsbäume schmückten den Platz, sodass er förmlich erstrahlte. Ich fühlte mich um Jahre zurückversetzt. Hervorragend gelaunt bewegte ich mich, ohne mir weiterhin über meine gesundheitliche Verfassung oder die soeben abgelaufenen Erlebnisse und Eindrücke Gedanken zu machen, auf das vor mir ablaufende Geschehen zu. Mein Begleiter schien mit stets einen Schritt voraus zu sein, obgleich er gar nicht wissen konnte, wohin ich wollte. Ich liess mich von der weihnachtlichen Musik berieseln, als ich von der Seite angerempelt wurde. „Grüß dich, altes Haus! Wo warst du denn gestern?", rief eine mir bekannte Stimme. Ich war verblüfft, und zwar sowohl über die Frage als auch über denjenigen, der die Frage stellte. Es war Georg. Er wirkte derart jugendlich auf mich.

„Nichts ist wie es ist. Nicht die Zeit und nicht du selbst",

wiederholte der Unbekannte im Hinblick auf meine Irritation. „Entschuldige bitte, aber ich kann mich an keine Verabredung erinnern", antwortete ich ihm. „Du wirst dich eines Tages noch einmal selbst vergessen", kommentierte Georg. „Dummes Geschwätz", dachte ich daraufhin und lächelte ihn verlegen an. Georg gab nun allerhand Neuigkeiten zum Besten. Scheinbar interessiert folgte ich ihnen. Während er sprach und wir so dahinschlenderten, nickte ich, schüttelte den Kopf oder lachte an entsprechender Stelle. Ich hörte jedoch nicht genau hin und verweilte mit meinen Gedanken bei anderen Unternehmungen, Geschehnissen und persönlichen Problemen. Schliesslich hiess sein Thema „Kai", wodurch meine
Aufmerksamkeit endlich geweckt wurde. Er erwähnte, dass Kai den zweiten Platz bei einem wichtigen sportlichen Wettbewerb belegt hätte. „Man muss ein enormes Trainingspen-

sum absolvieren, um einen solchen Platz belegen zu können", erwiderte ich und riss wie üblich die Gesprächsführung an mich.
Begeistert schilderte ich Georg nun meine eigenen sportlichen Höhepunkte, wobei ich auch die gesundheitlichen Querschläge nicht vergass.

Abermals war es mein Begleiter, der sich dazwischen drängte, als ich Georg im Anschluss daran noch Philipps schlechten Charakter beschreiben und ihn über dessen Geltungsbedürfnis befragen wollte.

„Alles, was du aufschüttest, musst du wieder abtragen und alles, was du unterlässt, musst du nachholen. Lerne das Gesetz des Lebens: Ganz gleich, was du tust –
bewusst oder unbewusst, gewollt oder ungewollt –, du setzt immer etwas in Gang, das unweigerlich auf dich und in dich reflektiert und sich bei dir und in dir zeigt. Es wird dich entweder schützen und aufbauen oder dich aussaugen und zerstören."

Einen Moment lang glaubte ich, die Zeit würde still stehen. Ich hörte keine Musik mehr. Zudem hätte ich geschworen, dass sich nichts und niemand bewegte, als er diese mahnenden Worte mit sehr ernstem Gesichtsausdruck zu mir sprach.
Deshalb beendete ich rasch meine Ausführungen, klopfte Georg auf die Schulter, ver-

sprach ihm, mich in den nächsten Tagen bei ihm zu melden, und verabschiedete mich.
Ich zwängte mich weiter durch die herumstehenden oder entgegenkommenden Menschengruppen. Als ich an einer Bude, die mit Tannenzweigen, verschiedenen Lebkuchensorten, Weihnachtskugeln und Duftkerzen bestückt war, vorbeigehen wollte, erblickte ich Anne. Sie lehnte sich gerade ganz leger an einen Pfosten.

Anne war mit einem auffälligen, Fell besetzten Mantel und einem kecken Hütchen bekleidet. Ihre linke Hand steckte in einem Muff. Sie war ausgelassen und hielt ein Glas Punsch in der rechten Hand. Vermutlich hatte die korpulente, ältere Frau hinter dem Ausschank ihr etwas Witziges erzählt, denn sie lachte herzhaft, als sie in meine Richtung schaute. „Hallo, Anne!", rief ich ihr zu. Sie nahm die Hand aus dem wärmenden Muff und deutete mir an, zu ihr zu kommen.

Ich folgte ihrer Aufforderung. Mein merkwürdiger Begleiter hatte mich unterdessen verlassen.

Anne fiel mir, wie es ihrem Naturell entsprach, sofort um den Hals und küsste mich. Eigentlich gehörte sie nicht zu den Frauen, die mich begeisterten. Auf mich wirkte sie arrogant, weil sie sehr von ihrer persönlichen Attraktivität überzeugt war. Nichtsdestotrotz war Anne bei allen beliebt. Ihre uneigennützige Hilfsbereitschaft stand in krassem Widerspruch zu ihrem leicht narzisstischen Verhalten. Vor allem ich hatte schon von dieser Hilfsbereitschaft profitiert, sodass ich mich entgegenkommend zeigte. Ausserdem war Anne eine gute Informantin, sozusagen ein Nachrichtenwesen auf zwei Beinen. So überhäufte ich sie mit Komplimenten, bewunderte ihre Kleidung und ihren Ring, den ich in Wirklichkeit abscheulich fand. Meine Aufmerksamkeit sichtlich geniessend, bat Anne mich darum, mit ihr zusammen den in der Nähe gelegenen „Schuppen" zu besuchen.

Herumalbernd verliessen wir den Platz und liefen durch eine schmale, dunkle Gasse zu einem etwas abseits gelegenen Gasthaus, das einen grossen Tanzsaal besaß, der von jedermann „Schuppen" genannt wurde. Als wir eintrafen, war der Saal bereits überfüllt. Wir wühlten uns durch die Menge und entdeckten tatsächlich noch freie Sitzplätze. Wie üblich traf ich eine einige Bekannte. Anne tanzte, lachte und plapperte drauflos. Es war ein vergnüglicher Abend. In einer Musikpause huschte Erik an uns vorbei. Da er nicht auf mein spontanes Rufen reagierte, sprang ich auf und hielt ihn an seinem Jackenärmel fest, bevor er wieder in der Menschenansammlung untertauchen konnte. Er freute sich, mich zu sehen und begrüsste mich auf die gewohnte Weise, indem er seine rechte Handfläche auf meine klatschte. Anne warf er einen Handkuss zu. Schnell befanden wir beide uns in einer angeregten Unterhaltung über Politik, Sport, Rechtsstreitigkeiten, Kaufen und Verkaufen. Ich weiß nicht mehr, wie viel Zeit verstrichen war, bis wir uns endlich voneinander verabschiedeten. Als ich mich wieder Anne zuwenden wollte, war sie weg. Ich ging nach draußen vor den „Schuppen". Sie blieb aber unauffindbar. „Diese blöde Gans", dachte ich, „was ist denn nur in sie gefahren?"

Statt ihrer kehrte er zurück. Er stand zunächst direkt neben der Eingangstür und kam dann langsam auf mich zu.

„Du behandelst die Menschen und die Zeit ohne Gefühl und Mass", rügte er mich.
„Mein Freund, wenn du leben und wahres Glück empfinden willst, beachte und achte die Menschen und die Zeit. Behandle deine Mitmenschen, wie du selbst behandelt werden möchtest und deine Seele trägt das Glück der Erde. Es wird weiterwirken, auch wenn du die Welt verlassen hast."

Ärgerlich hielt ich ihm entgegen: „Mit welchem Recht verfolgst du mich andauernd, zumal mir die Bedeutung deiner Worte nach wie vor unverständlich ist? Verschwinde also besser und lass mich in Ruhe!" Er schwieg.
Es war immer noch äusserst kalt. Der Morgen dämmerte, aber ich verspürte keinerlei Müdigkeit. Ganz im Gegenteil, ich fühlte mich so energiegeladen wie seit Jahren nicht mehr. Erneut verlangte er von mir, ihm nachzugehen. Trotz meines inneren Widerstandes tat ich es, denn ich wollte jetzt unbedingt der Sache auf den Grund gehen. Während er resolut einen Schritt vor den anderen setzte, sagte er zu mir:

„Du hattest um Einsicht gebeten, mein Freund. Du wolltest wissen, warum gerade du. Man hat dir die Möglichkeit gegeben, Bilder aus der Vergangen-

heit, der Gegenwart und der Zukunft miteinander und nebeneinander zu erleben. Denn du trägst die Last und die Fesseln, die du dir in deinem Leben selbst gebunden hast. Darum, mein Freund, folge mir und achte nicht auf die Dinge wie sie sind, sondern auf das, was sie sind."

Ich fühlte mich unsicher. Alles glich einem Traum. Es war mir nicht möglich, die Länge unserer Wegstrecke einzuschätzen. Schliesslich standen wir vor einem alten, allein stehenden Haus, das sich eigentlich auf der entgegengesetzten Seite des Ortes hätte befinden müssen. Dieses Haus war mir nicht fremd. Früher hielt ich mich oft darin auf. Aber was wollten wir nun in dieser unwirklichen Gegend?
Mit einer Handbewegung wies er mich an, vor die Eingangstür des Gebäudes zu treten. Dabei machte er die Bemerkung:

"Du betrachtest die Bilder deiner Seele, aber du stellst dich blind, taub und gefühllos."

Verdrängte Schuld

Ich musterte das Namensschild und betätigte die Glocke. Mein Herz pochte laut und ich musste mehrmals hintereinander tief Luft holen.
Dann wurde die schwere Eichentür geöffnet und vor mir stand – Judith. Nach einer formlosen Begrüssung trat ich ein, während sie die Tür hinter mir schloss. Obwohl ich hier so gut

wie zu Hause war, ging ich, nachdem ich meine Jacke am Garderobenständer aufgehängt hatte, etwas zögerlich ins Wohnzimmer. Mein Begleiter war ebenfalls mit hereingekommen und bewegte sich so, als ob er dort täglich ein- und ausgehen würde. Verwundert bemerkte ich, dass Judith ihn gar nicht wahrnahm.

„Sie kann mich weder sehen noch hören. Bedenke, mein Freund: Nichts ist wie es ist. Nicht die Zeit und nicht du selbst",

kommentierte er prompt.
Ein heftiges Schwindelgefühl überkam mich. Judith entging dies nicht und daher forderte sie mich auf, Platz zu nehmen. Sie schüttelte ihren Kopf und sagte: „Ich kann es nicht mehr ertragen, Liebster. Deine Lebensart richtet dich und auch mich zu Grunde." Ich sank seufzend in einen bequemen Ohrensessel. Das Schwindelgefühl verflog allmählich, aber es bereitete mir immer noch Schwierigkeiten, die Geschehnisse einzuordnen. Ich versuchte, meine Stimme ruhig zu halten, als ich Judith fragte: „Wieso zerstört meine Art zu leben uns beide?" Sie hatte sich indes mir gegenüber auf das Sofa gesetzt. Ihr Gesicht war ernst, ihr Blick auf den Boden gerichtet und die Finger ihrer linken Hand rieben nervös den kleinen Finger ihrer rechten Hand. Ihre Antwort verschlug mir die Sprache: „Du weißt, dass ich

dich liebe, und du behauptest, dass du diese Liebe erwiderst. Aber mit was und mit wem muss ich deine Liebe teilen? Wie tief und innig ist deine Liebe zu mir? Als wir uns unsere Liebe noch nicht gestanden hatten, wurde mir von dir viel mehr Zeit und Aufmerksamkeit zuteil. Sicher, du kommst häufig ins Geschäft, kontrollierst meine Buchhaltung, besorgst preisgünstige Ware und hast für mich das eine oder andere lohnenswerte Geschäft abgeschlossen. Du nimmst mich auch mit zum Tanzen sowie zu deinen ruhmreichen Sportveranstaltungen. Ausserdem betonst du fortwährend wie sehr du dich um mein Wohlergehen sorgst. Bei alledem sollte man annehmen, dass du dir wirklich Mühe gibst." Judith machte eine kleine Pause, richtete den Kopf auf und fixierte mich mit ihren Augen: „Schau, Liebster, ich glaube, dass du mich gern in deiner Nähe hast, wie so vieles, was dir gehört. Ich spüre jedoch deine Liebe nicht. Ebenso fühle ich den Wert nicht, den ich für dich haben müsste. Was du tust –
mit mir und für mich –, tust du ausschliesslich um deinetwillen." Ich löste meinen Blick von Judith und starrte ihn an. Er befand sich rechts von mir. Währenddessen dachte ich lediglich: „Warum hat er mich hergebracht? Sie ist eine Frau, die ohne Unterlass Forderungen stellt, stets mehr haben will und einfach nicht genug bekommt. Zum x-ten Mal muss ich mir anhören, dass ich nicht dazu

fähig bin, sie wahrhaft zu lieben. Statt Anerkennung erhalte ich von ihr nur Vorwürfe. Was kann ein Mensch noch mehr tun? Sich selbst aufgeben?" Meine Stimmung war wieder auf dem Nullpunkt angelangt. Ich wollte aufstehen und das Haus verlassen, um mich dieser unangenehmen Situation zu entziehen. Er befahl mir aber sitzen zu bleiben und sprach:

„Wohl dem, der die Zeichen zu deuten vermag. So erkennt er noch beizeiten den Weg. Wehe, wenn die Zeichen nicht erkannt oder unbeachtet bleiben, denn dann füllt sich der Becher des Lebens mit dem Saft des Bösen und der Becher des Todes mit der Verdammnis!"

„Was ist der Saft des Bösen?", fragte ich ihn mit einem flehenden Unterton. Die Antwort ließ nicht lange auf sich warten:

„Die Worte sind dir nur allzu gut bekannt. Eine Aufzählung würde Seiten füllen. Gleichgültigkeit, Egoismus, Macht, Habgier, Neid, Geltungssucht, Materialismus und vieles, vieles mehr befinden sich im Saft des Bösen. Sein Genuss führt zur Sucht und zur Lähmung der Seele."

„Also ist die ganze Menschheit dieser Sucht verfallen", sinnierte ich mit einem höhnischen Grinsen im Gesicht. Der Unbekannte erwiderte darauf:

„Ja, dem Genuss dieses Saftes ist die ganze Menschheit erlegen, mein Freund. Aber ein Ereignis vor fast 2000 Jahren, an das wir uns heute noch auf der ganzen Welt erinnern, gab uns allen die Möglichkeit, der Sucht und der Lähmung zu trotzen. Er schenkte uns seine Liebe und zeigte uns den Weg der Selbstlosigkeit."

Ich schrie ihn an: „Hör auf! Was soll ich mit all deinen Worten anfangen?" Verständnislos schaute Judith mich an, denn sie bezog meine Äußerung auf das von ihr zuvor Gesagte. In diesem Moment läutete die Türglocke. Judith stand auf, um zu öffnen. Zu meiner Überraschung betraten Britta, Luise, Ralf und Willi gleich darauf das Zimmer, begrüssten mich ohne grosses Hallo und suchten sich unaufgefordert ein Plätzchen. „Was führt euch denn hierher?", bemühte ich mich umgehend in Erfahrung zu bringen. Alle stutzten, schauten sich untereinander und dann wieder mich an. Als ich jedoch ein schalkhaftes Lächeln aufsetzte, prusteten sie und schüttelten ihre Köpfe. Ralf meinte: „Verkohlen können wir uns selbst!" „Warum erkenne ich einige Zusammenhänge nicht?", fragte ich mich fassungslos. Das Geschehen um mich herum lenkte mich aber erneut ab. Judith hatte inzwischen auf das in der Mitte des Zimmers stehende Tischchen ein paar Weinbrandgläser gestellt und schenkte uns von ihrem Selbstgebrannten ein. Wir ergriffen die Gläser und Ralf

kreierte einen Trinkspruch: „Auf das ‚Schneehäusel' und auf die beiden Inhaber, die sich Grund und Boden, Verkaufsrechte und einiges mehr hart erkämpft haben. Möge ihre Mühe Früchte tragen und sie beide noch enger miteinander verbinden."
„Auf das 'Schneehäusel' und deren Inhaber!", wiederholten die anderen und prosteten Judith und mir zu. Gemeinsam kippten wir den Selbstgebrannten mit einem Schluck hinunter. Judiths Lockerheit war nur gespielt. Den fröhlichen Gästen fiel das jedoch nicht auf. Willi interessierte sich auch sogleich für das Zustandekommen des Unternehmens. Bereitwillig erklärte ich zuerst ihm und danach den übrigen, mit welcher Mühe und Spitzfindigkeit dieses Geschäft von mir aufgebaut worden war und wie ich mir den zukünftigen Ablauf vorstellte. Ich befand mich sozusagen in meinem Element. Natürlich musste ich auch ausdrücklich betonen, dass ich das Geschäft allein Judith zuliebe in der beschriebenen Form aufgezogen hatte. Ich wäre lediglich derjenige, der das Finanzielle regelte und die notwendigen Kontakte nach aussen aufrechterhielt. Mein Begleiter unterbrach mich ohne Vorwarnung inmitten meiner Ausführungen, wobei ich weiterhin die einzige Person blieb, die ihn registrieren konnte:

„Judith zuliebe? Es handelt sich also in Wahrheit um dein Geschäft? Du hast die notwendigen Inves-

titionen getätigt und sie nur auf Grund deiner Liebe zur Teilhaberin gemacht, und zwar ohne Gegenleistungen zu erwarten? Bei der Betrachtung der Fülle und der Schwierigkeit der Aufgaben sind ausschliesslich deine Leistungen erwähnenswert geblieben. Mein Freund, warum nimmst du dich so wichtig? Warum strickst du mehr und mehr an deinen Fesseln, bindest dir mehr und mehr Last auf?"

„Falls ich nicht gewesen wäre, würde das Geschäft nicht in so kurzer Zeit florieren. Man denke nur an die günstigen Einkäufe und die Verkäufe mit hohem Gewinn. Habe ich nicht die wesentlichen Kontakte geknüpft?", überlegte ich verdriesslich.
Doch er entgegnete:

„Wie viel Kapital hast du tatsächlich angelegt? Nichts, mein Freund! Wer steht von morgens bis abends im Geschäft, wer putzt, räumt auf und befolgt deine Anweisungen, selbst wenn sie anderer Meinung ist? Ist das alles, was du bisher daraus gelernt hast?"

„Er träumt", hörte ich Luise sagen. Leicht verwirrt schaute ich in die Runde, die sich aufzulösen begann, denn alle drängten zum Aufbruch. Ich verabschiedete mich von jedem einzelnen mit den besten Wünschen für die bevorstehenden Festtage. Judith begleitete

sie noch bis zur Tür. Nun waren wir wieder zu zweit.
Liebevoll bat sie mich darum, heute den Heiligen Abend mit ihr zu verbringen. Ich zog die Augenbrauen hoch, als ich sie daran erinnerte, dass ich den Heiligen Abend wie jedes Jahr mit meiner Familie verbringe. Weinend konterte sie: „Immer wenn ich dich darum ersuche, Zeit für uns zu erübrigen, ist deine Familie für dich vorrangig. Dein Vater und deine Mutter stehen zwischen uns. Deine Zeitplanung beruht auf folgender Reihenfolge: Eltern, Geschäft, sportliche Aktivitäten. Mit dem kleinen Rest darf ich mich zufrieden geben." „Das ist absoluter Unsinn! Du bedeutest alles für mich. Es handelt sich diesbezüglich grösstenteils um Pflichtaufgaben. Daneben benötige ich auch ein bisschen Zeit für mich. Darf ich gar nicht mehr an mich denken?", verteidigte ich mich. „So lass uns wenigstens zusammen mit Britta, Luise, Ralf und Willi die Silvesternacht hier feiern", flehte sie mich nachdrücklich an. Wütend stiess ich hervor: „Jetzt reicht es mir!" Ich wollte das Haus möglichst schnell verlassen. Judith wischte sich zitternd mit ihrem rechten Handrücken die Tränen ab und suchte nach einer Möglichkeit, mich zurückzuhalten: „Ich habe einen Mistelzweig gekauft. Der alten Sitte entsprechend sollten wir uns darunter küssen." „Nein, ich finde, dass das keine gute Idee ist!", gab ich zur Antwort und wendete mich ab. „Ich wollte

dir aber noch etwas mitteilen", sagte sie abwartend. Ich lies mich nicht aufhalten und erwiderte knapp: „Ein andermal vielleicht!", nahm meine Jacke und ging.
Als ich die Tür hinter mir zuzog, hörte ich sie schluchzen. Es war bereits wieder dunkel geworden. „Fast hätte ich mich erweichen lassen", berichtete ich meinem beharrlichen Begleiter. Dieser belehrte mich:

„Fast und beinahe sind leere Worte – besonders in der Liebe, mein Freund. Liebe bringt Freude und Leid. Du wirst geliebt, aber du selbst hast kein Gefühl.
Wohl dem, der die Zeichen zu deuten vermag. So erkennt er noch beizeiten den Weg."

Erkenntnis

Ich hatte mich zwar mittlerweile an ungewöhnliche Ereignisse gewöhnt, aber ich war erneut orientierungslos. *„Nichts ist wie es ist. Nicht die Zeit und nicht du selbst",* hörte ich ihn in bekannter Manier sagen. Mich beschlich jetzt das Gefühl, wesentlich älter zu sein, als noch vor wenigen Augenblicken. Erstmals in meinem Leben befand ich mich nachts an einem derartigen Ort. „Was soll ich zur Schlafenszeit auf einem Friedhof?", fragte ich ihn mit bebender Stimme. Die Situation war sonderbar und unheimlich. „Nun ist wohl meine Zeit abgelaufen", jagte es durch mein zermartertes Gehirn.

„Man hat dir die Möglichkeit gegeben, Bilder aus der Vergangenheit, der Gegenwart und der Zukunft miteinander und nebeneinander zu erleben. Erkenne noch beizeiten den Weg", begann mein Begleiter. *„Du nanntest ihn deinen Freund",* fuhr er fort und zeigte auf einen Grabstein. *„Er war ein wahrhafter Freund. Erinnere dich! Dein ganzes Leben hindurch stand er dir zur Seite. Schon in der Schule prügelte er sich für dich und später rettete er dir sogar dein Leben. Ein Haus brannte lichterloh. Er entkam dem Flammenmeer, aber als er dich nicht ausfindig machen konnte, rannte er zurück, um dich zu retten. Für den Rest seines Lebens hatte er unter den schweren Verbrennungsverletzungen zu leiden, die er sich dabei zuzog. Nach der Katastrophe wollte er von dir lediglich Zeit und Verständnis. Wo warst du, mein Freund? Er wartete auf dich. Doch dir waren deine Konferenzen und dein Vergnügen wichtiger. Er rief nach dir. Doch deiner Profilierungssucht hatte sich alles andere unterzuordnen. Er blieb also allein. Eines Tages fand man letztendlich seine Leiche am Flussufer."*

Er machte eine kurze Pause, bevor er sehr eindringlich weitersprach: *„Mein Freund, deine Zeit verrinnt, dein noch junges Leben neigt sich dem Ende zu."*

„Bist du gekommen, um über mich Gericht zu halten?" wollte ich erschrocken wissen.

"Warum soll ich über dich richten? Nur in der Liebe steckt die Kraft des Universums, die dem Wohl unserer Körper und Seelen dient. Wenn auch meine Liebe zu Lebzeiten nichts zu bewegen vermochte, so gibt dir die Liebe Gottes jetzt noch einmal die Gelegenheit zu erkennen."

Kaum waren diese Worte verklungen, bewegte er sich von mir weg.
Mein Herz schien zerrissen zu werden. Was hatte ich getan? Tränen liefen an meinen Wangen hinunter. Meine zugeschnürte Kehle brachte nur noch stockend hervor: „Wer mir vergeben kann, der möge mir vergeben. Du begleitetest mich mein Leben lang und auch jetzt. Ich sah dich und hörte deine Worte, aber ich war trotzdem blind und taub, denn ich beschäftigte mich stets nur mit meiner Person. Mein Freund, bevor du endgültig gehst, sage mir bitte, ob mir noch ein wenig Zeit übrig bleibt und ob ich meinen Weg und den Ausgang ändern kann?"

Ein letztes Mal gab er mir zur Antwort:

„Ja, wenn du das Du an die Stelle des Ichs zu setzen vermagst. Gehe in dich, erkenne die Wahrheit, lass ab von allem Blendwerk und was auch immer du tust, tue es mit Freude, Hingabe und aufrichtiger Liebe. Zeige echte Anteilnahme, schenke Zärtlichkeit und tiefe Gefühle. Bedenke, alles wird durch dein Handeln bestimmt – dein Weg und dein

Ende. Solltest du dein Handeln ändern, so änderst du den Weg und das Ende."

Mit diesen hilfreichen Worten verschwand er. Unbeschreibbare Gefühle durchströmten meinen Körper und meine Seele. Spontan begann ich zu laufen. Meine Gedanken überschlugen sich geradezu. „Gott vergebe mir die Zeit, die ich sinnlos vertan habe!", schrie ich heraus. Der Duft von Bratäpfeln und Zimtgebäck stieg mir in die Nase und ließ mich wieder zu mir kommen. Ein älterer Mann musterte mich verdutzt und schüttelte verständnislos den Kopf, als ich an ihm vorbeiraste. Ich gelangte wieder in die Straße, in der ich meinen Freund zuallererst getroffen hatte. Es war Mittagszeit. Abermals schneite es fürchterlich und der eiskalte Wind blies mehr denn je. Meine Schmerzen lebten erneut auf, jedoch verspürte ich keine Angst mehr vor dem Sterben. In meinem Inneren glomm etwas, das vollkommen neu für mich war. Ich rannte und rannte, bis ich vor dem alten, allein stehenden Haus stand.

Erlösung

Einen Augenblick betrachtete ich wieder das Namensschild und betätigte die Glocke. Ein etwa zehn bis zwölf Jahre altes Mädchen öffnete die Tür, begrüsste mich und fragte sehr höflich nach meinem Anliegen. Ich erzählte ihr, dass ich ein alter Bekannter ihrer Mutter wäre und sie unbedingt sprechen müsste. Sie bat mich herein.

Nichts hatte sich verändert, aber ich betrachtete nun alles mit anderen Augen. Über der Wohnzimmertür hing ein Mistelzweig und in dem offenen Kamin prasselte ein wärmendes Feuer. An das Wohnzimmer schloss sich übergangslos das Esszimmer an. Die Räumlichkeiten waren wunderschön dekoriert, unter anderem mit selbst gebastelten Strohsternen und Weihnachtsfiguren.
Als ich ins Wohnzimmer eintrat, kam mir Judith aus dem Esszimmer entgegen. Ihre Begrüssung fiel recht zurückhaltend aus und sie richtete einen fragenden Blick auf mich, der wie ein Auslöser wirkte. Ich liess jetzt erstmalig mein Herz sprechen: „Judith, mir bleibt nicht mehr viel Zeit. Ich habe meine Lebenszeit vergeudet. Ich möchte in der Frist, die mir noch zur Verfügung steht, so weit wie möglich alles wieder gut machen. Du bist eine wunderbare Frau. Dürfte ich mein Leben erneut leben, würde ich es mit dir in allen Bereichen teilen und mit vielem anders verfahren. Ich hätte dir besser zuhören und mehr bei dir sein sollen."
Wir sahen uns eine Weile schweigend an. Schliesslich durchbrach Judith die Stille: „Ich

vermisste dich sehr und ich glaube, dass ich dich nach wie vor liebe." Behutsam nahm ich ihre Hände, zog sie an mich heran und küsste sie innig. Sie seufzte: „Im Moment sind meine Gefühle völlig durcheinander geraten. Einerseits bin wütend, sodass ich gern losschreien und dich wegschicken möchte. Andererseits bin ich jedoch glücklich darüber, dass du hier bist. Falls du also mit uns feiern willst, so bist du herzlich willkommen. Gönne mir die Freude!"
Ihre Liebeseingeständnis und ihre Einladung versetzten mich in Hochstimmung.
Judith schien aber immer noch eine Last auf der Seele zu liegen. Ich sprach sie diesbezüglich direkt an: „Alles, was zu sagen ist, sollte jetzt auch gesagt werden. Ich bin frei von jeglichem Groll und Unverstand. So lange ich da bin, wirst du auf mich zählen können."
Erleichtert über diese Aussage sagte sie: „Heute vor genau zehn Jahren wollte ich dich über einen gewissen Umstand informieren. Du gabst mir leider keine Gelegenheit dazu." Sie hielt kurz inne und rief das Mädchen zu sich. Dann fuhr sie fort: „Ich erwartete ein Kind, unsere Tochter!"
Es war mir tatsächlich ermöglicht worden, meine Angelegenheiten noch in Ordnung zu bringen. Meine Augen füllten sich mit Tränen der Freude und Erleichterung. Endlich hatte das Mädchen einen Vater. Wir drei sprachen über vieles, lachten und verbrachten herrliche

Stunden miteinander. Im Laufe des Nachmittags schmückten wir zusammen den Weihnachtsbaum. Niemals zuvor hatte ich einen solch schönen Weihnachtsbaum gesehen. Am Abend genossen wir ein festliches Essen. Ich sass zwischen Judith und unserer Tochter und sprach das Tischgebet:

„Wir danken für die Speisen auf unserem Tisch und für die Nähe der Menschen, die wir lieben. Lass die Gaben, die wir dankbar empfangen, auch jenen zuteil werden, die weniger Glück haben als wir. Amen."

Weihnachtswunsch

Der Weihnachtsbaum, er steht bereit,
die Hecke, Strasse - zugeschneit. Wir
feiern's Fest des Herren Christ,
geboren in der Krippe, - wie ihr wisst
um Erkenntnis uns zu bringen, in
Gott, des Teufels Macht bezwingen.

Jetzt stell dir vor, auch du ein Kind vonGott.
Geöffnet jetzt des Himmels Schott.
Erzeug das Bild mit deinem Geist,
dass dies real wird, - wie du weisst
es schwingt so dann Gedankenkraft,
als Macht, die jedes Ding erschafft.
Sie schafft das Leid, die Not, den Schmerz,
sie schafft die Freud, die Lieb im Herz.
Drum achte was du heute denkst,
was damit du ins Morgen lenkst.
So ist die Welt, die du gegeben
ein gutes oder schlechtes Leben.
So erfüllt sich auch dein Wunsch, ein jeder,
nur lass ihn los, mach kein Gezeter.
Sei überzeugt, was du auch tust,
mit Gott und Liebe hast du Trost

Ein Geschenk - für dich, es liegt bereit,
viel Liebe und Glückseligkeit.
Ein Freund, Gesundheit und die Kraft,
den Mut der deine Welt dann schafft,
ein Glaube fest, der nicht im Wanken,
den richt'gen Wert in den Gedanken,
ein grosses Selbst ein wenig Ich,
dies ist der Wunsch von mir an dich.
Wenn alles was von mir gesagt,
von dir auch nur zum Teil gewagt,
gibt's Sonne viel und wenig Regen
und spendet dir auch Gott den Segen.

Peter H. Stauner

1948 in St. Ingbert geboren
Seit 1980 selbständiger
Heilpraktiker mit den Schwerpunkten
Homöopathie, Akupunktur und Psychotherapie.

www.peterstauner.de
p.stauner@t-online.de

Veröffentlichungen:

2003
Worte
zum Nachdenken
zum Verschenken
Selbstverlag

2011
Homöopatische
Haus-, Reise- und
Notfallapotheke
Books on Demand GmbH
Norderstedt
ISBN 978-3-8423-7243-6